AF349485

TOMBEAV
DE
TRES-HAVT
TRES-PVISSANT,
ET TRES-ILLVSTRE

SEIGNEVR, HENRY DVC
de Montmorancy, Pair &
Cõneſtable de France.

En A.

A PARIS,

De l'Imprimerie d'Anthoine du Brueil, ruë
S. Iacques, au deſſus de S. Benoiſt,
à la Couronne.

M. DC. XIV.

A MONSEIGNEVR LE

Duc de Montmorancy, Pair & Admi-
ral de France, Gouuerneur & Lieute-
nant general pour le Roy, au pays de Lan-
guedoc.

ONSEIGNEVR,

Les parfaites affections ne pouuans estre satisfaictes de leurs propres tesmoignages, s'ils sont foibles & ne respondent à leur perfection. Celle que i'ay tres-humblement vouee à vostre seruice, & à la memoire de feu Monseigneur le Cónestable vostre pere, n'a peu estre contente de ce que i'ay donné ces iours passez à vostre consolatió, & à l'honneur de ses cendres. C'est pourquoy i'ay repris la plume, pour conuertir à sa gloire ce peu de faueur que i'ay reçeu des muses, & luy donner vn tombeau honoré de loüanges, puis qu'il n'en a point voulu qui fut orné de colonnes & de marbres, ainsi ayant refuzé les ornemens muetz, que l'art luy pouuoit don-

A ij

ner, ie luy offre ceux qui parlent par la simple & natue voix de mon naturel, à quoy ie me suis senty animé, tant par les vertus de sa vie, que par le recit qu'on m'a fait de ses dernieres actions, qui l'ont conduit à vne mort si saincte, si exemplaire & si admirable, que l'admiration oste la parole à ceux qui escoutent ceste merueille, en laquelle ie voy vn des plus grands seigneurs du monde, & vn Connestable de France mourir en simple Religieux, & auec la mesme humilité qui se pratique dans les Cloistres, merueille qui me fait d'autant plus admirer celles de Dieu, & regarder les grandeurs de la terre de l'œil qu'il faut voir les choses mortelles & perissables. Celles de vostre predecesseur ont dóné beaucoup d'esclat à sa vie, & de prix à sa forture · Mais à sa fin son humilité en a fait la splandeur de son trespas, & la gloire de son nom, en l'abaissant & luy faisant comme perdre la memoire, de ce qu'il estoit au monde. humilité qui l'exalte plus que ne font mes vers, & que ie voudrois plus dignement celebrer, si ie ne craignois de luy desplaire, & la faire murmurer dàs le monument qu'elle garde, & où le deffaut d'honneurs & d'ornemans externes sont les vrais traits de son image. Et comme elle est sourde aux loüanges, ie seray donc muet pour ne la loüer d'auantage, mais en mon silence ie la co-

lebreray touſiours, & la tiendray dans ma pé-
ſee entre les choſes les plus rares & memora-
bles. Ainſi exaltant du cœur les vertus de ce
grand Côneſtable, ie meſleray ce deuoir parmy ceux que ie dois à vos perfe-ctions, pour
honorer les cendres du Pere, & la perſonne
du fils, & rendre ce ſeruice au merite de tous
les deux, auec vne affection eſgalle à la cour-
toiſie, que vous exercez enuers tous ceux qui
approchent de vous, & laquelle par vn larcin
honnorable deſrobant tous les cœurs, m'a fait
reſſentir ce puiſſant charme, & forcé douce-
ment de me dire toute ma vie,

MONSEIGNEVR,

*Voſtre treſ-humble, & treſ-
obeyſſant ſeruiteur.*

NERVEZE.

TOMBEAV

DE TRES-HAVT TRES-PVIS-
ſant, & treſ-Illuſtre Seigneur,
Henry Duc de Montmoran-
cy, Pair & Conneſtable
de France.

ELVY d'ont les ayeulx, aux ſie-
cles plus antiques,
Ont ſeruy de leur ſang nos Autels Ca-
tholiques,
Qui parmy les Chreſtiens, & parmy
les guerriers,
Eurent les premiers rangs, pour leur iuſte partage,
Heritant à leur nom, comme à leurs beaux lauriers,
Eſt allé recueillir vn plus riche heritage.

Ce grand Duc, grand en biens, en honneurs, en
puiſſance,
Et de qui les vertus eſgalloient la naiſſance,
A la fin eſt tumbé, oubs la loy du Deſtin :
Mais en tumbant, ſa cheute eſleue tant ſa gloire,
Que ſi comme mortel il a trouué ſa fin,
Le temps n'en peut iamais donner à ſa memoire.

Ceux qui furent tesmoings de sa derniere vie,
Sçauent combien son ame au ciel fut asseruie,
Et qu'elle pieté l'instruisoit à mourir,
Il viuoit en seigneur à qui l'honneur commande,
Il est mort en Chrestien qui vouloit acquerir,
Ce que la foy promet, & que l'ame demande.

L'humilité qui fut en son cœur si profonde,
Qui le fit triompher des vanitez du monde,
Fut la reigle & la loy de ses derniers desseins,
Et luy traçant les pas qu'il deuoit tousiours suiure,
Elle le fit mourir comme meurent les saincts,
Apres auoir vescu comme vn seigneur doit viure.

Ceste rare vertu qui consultoit l'oracle,
Des Peres Capuchins, se tournoit en miracle,
Et reiettant la gloire, & tout esclat mondain,
Ne voulut point auoir de pompe aux funerailles,
Pour montrer qu'il auoit ces honneurs à desdain,
Autant comme il aymoit les honneurs des batailles.

Il choisit son cercueil proche de la Marine,
Ou sa pieté mit la troupe Capuchine,
Comme s'il eust voulu loger prés de la Mer,
Pour l'amour de son fils, qui commande sur l'onde,
Où pour l'amour du lieu, qui luy faisoit aymer,
Et la gloire du ciel, & le mespris du monde.

Lieu si deuot & sainct que les Pelerinages,

T sont

Y sont en exercice, & tous les voisinages,
Se trouuent illustrez d'vn si celebre lieu,
Son esprit & son corps, sont en deux mers diuerses,
L'vn vogue dans la mer, des merueilles de Dieu,
L'autre en la mer du mõde, où naissent les trauerses.

Heureux embarquemẽt, & du corps & de l'ame,
L'vn froid, aupres de l'eau, repose soubs sa lame,
Et l'autre va bruslant en vne mer d'amour,
Celle-cy court au ciel, & vogue à plaines voiles,
Celuy-là dans la terre à son dernier seiour,
L'vn foule aux pieds le sable, & l'autre les estoiles.

Merueille que celuy qui fut chef des armees,
Et de qui les grandeurs sont par tout renommees,
Cerche vn simple cercueil, pour son dernier repos,
Et que de ses maisons tant de terre occuppee,
Il n'en veuille qu'autant qu'en demandent ses os,
Et l'espace qu'il faut pour mettre son espee.

Ainsi de ses ayeux, le monument superbe,
D'où ne peut aprocher, n'y la rouille n'y l'herbe,
Est priué de l'honneur, de posseder son corps,
L'art n'a point esleué la tumbe qui l'enserre,
Mais son humilité l'enrichit de tresors,
Qui ne se trouuent point entre ceux de la terre.

Il ne faut pas icy que la nature iuge,
Le prix de ce tombeau, son funebre reffuge,

La grace en est l'ouuriere, & l'ouurage si beau,
Que ses ombres en sont sainctement consolees,
Car les vertus des morts, ornent plus vn tombeau,
Que si l'art en faisoit de riches Mausolees.

Vne vertu secrette, infu'e en la despoüille,
Enclose en ce tombeau, que la marine moüille,
Y rendra desormais asseurez les vaisseaux:
Comme si sa belle ame en ses deuots suffrages,
Eust obtenu du ciel, que le peril des eaux,
N'auroit plus le pouuoir de causer des naufrages.

O tombeau glorieux, le iaspe & le porfire,
Le marbre Parien ne pourroit point suffire,
Pour former vn cercueil, qui soit esgal à vous,
Les plus beaux ornemens de quelque sepulture,
Que l'art met au dehors, vous les surpassez tous,
Car vous auez dedans les tresors de nature.

Tresors que ce grand Duc resigne à la Prouince,
Ou depuis si long temps il a seruy son Prince,
Tesmoignage d'amour si parfait & si fort,
Qu'à iamais la raison iustement la connie,
De luy donner autant de vœux apres sa mort,
Comme elle en a reçeu de biens durans sa vie.

Mais quel bien la pouuoit rendre plus obligee,
Que d'estre de son corps heureusement chargee,
Et de garder celuy qui gardoit son repos,

Et qui la maintenoit en vn estat prospere,
Il luy donna son cœur, il luy donne ses os,
Non comme gouuerneur : mais plustost comme pere.

La gloire aux aisles d'or à son aisle couppee,
Pour ne voler iamais qu'au tour de son espee,
Seul & riche ornement qu'il veut à son cercueil,
Elle luy fit verser le sang dans les allarmes,
Et maintenant seruant d'objet à nostre dueil,
Elle blesse les cœurs, & fait verser des larmes.

O superbe ornement, ô cendres regretables,
Reliques qui sortez de tant de Connestables,
Si ces vœux auec vous ne sont ensevelis,
Quelque Fenix issu de ceste illustre cendre,
Fera reuiure encor pour l'honneur de nos lis,
Ce qu'en vostre tombeau la mort à fait dessendre.

Et possible qu'vn iour celuy qui suit la trace,
De vos rares vertus rendant à vostre race,
Ce que vostre trespas tire de la maison,
Pensera que ces vers procedent d'vn Prophete,
Et dira que ie parle auec plus de raison,
Que ie n'ay de sçauoir pour estre vn bon Poëte.

Que son heureux Destin propice à sa fortune,
Ioigne encor ceste espee aux Ancres de Neptune,
Affin que triomphant des perilleux hazars,
Ses armes soyent par tout tellement estimées,

Qu'elles façent la loy dans l'Empire de Mars,
Pour le faire honorer, comme chef des armées.

Cependant ô grand Duc, ceux qui de ton riuage,
Approcheront les pieds, s'ils n'ont l'ame sauuage,
Ils beniront ta tumbe, & l'arrosant depleurs,
De ces ameres eaux croistront celles de l'onde,
Et t'offriront encor une moisson de fleurs,
Comme à celuy qui fut la fleur des grands du môde.

Repose donc grand Duc en ceste saincte riue.
Iusques aux derniers iours, attendant qu'il arriue,
que ton ame & ton corps se rassemblent aux cieux,
Où l'vn attendra l'autre, en l'eternelle gloire,
Pour luy communiquer ce tresor precieux,
Comme ils ont en commun l'honneur de la memoire.

www.ingramcontent.com/pod-product-compliance
Lightning Source LLC
LaVergne TN
LVHW010809180726
843502LV00011B/4441